(1)
JEAN-JACQUES ROUSSEAU
Citoyen de Genève,

A

JEAN-FRANÇOIS DE MONTILLET,

Archevêque & Seigneur d'Auch, Primat de la Gaule Novempopulanie, & du Royaume de Navarre, Conseiller du Roi en tous ses Conseils.

JE m'étois flatté, Monseigneur, que ma Lettre à Christophe de Beaumont me garantiroit pour l'avenir des foudres du Clergé de France. J'étois tranquille dans ma Retraite, occupé de moi seul, bien résolu de ne plus me montrer sur la scène du monde, & désirant surtout d'y être entiérement oublié, lorsqu'on est venu m'apprendre qu'un Prélat, dont j'ignorois même le nom, s'évertuoit à m'invectiver du fonds de la Gascogne. Eh ! Messeigneurs, quelle idée avez-vous donc de la charité Chrétienne ? Faudra-t-il mettre au nombre des libertés de l'Eglise Gallicane, celle que vous prenez si souvent, de déchirer des malheureux qui ne vous disent mot, & qui ne demandent qu'à mourir en paix ?

Je vous avouerai cependant, Monseigneur, que je n'ai pas lû sans quelque plaisir votre Lettre soi-disant Pastorale. Il y a quelque chose de si plaisant, en effet, d'entendre le *Primat de la Gaule Novempopulanie,* donner des leçons de Littérature à ses Diocésains, mesurer le génie des Auteurs les plus célébres, leur rappeller les regles de l'Art, assurer que M. de Voltaire

A

auroit excellé dans la Poësie , *s'il avoit embrassé moins d'objets à la fois ; que le temps dissipera le prestige qui en fait aujourd'hui un homme si merveilleux* , & que *le Siecle qui en fait l'oracle de la France* , ne sera point regardé comme *le Siecle des lumieres & du goût.*

Me sera-t-il toutefois permis , Monseigneur , de vous représenter que la chaleur de la composition vous a entraîné un peu trop loin à l'égard de M. de Voltaire. On vous auroit pardonné de l'attaquer du côté de ses talens , de lui apprendre qu'il se flatte à tort *de vivre dans les Siécles futurs* , puisqu'il n'a point votre suffrage ; mais il falloit s'en tenir là , & ne point salir votre bouche sacrée par des propos de halle , que Saint Paul ne vous a certainement pas appris. Que voulez-vous qu'on pense d'un Archevêque qui , parlant à ses Diocèsains , leur déclare charitable-ment que tout ce que l'histoire apprendra à nos neveux sur le compte de M. de Voltaire , c'est *qu'il fut un Auteur mercénaire , qui varia ses talens , & qui multiplia ses productions par le bas motif d'un vil intérêt ; un vagabond chassé de sa Patrie . . . . Un apostat méprisable , né pour le malheur de ce Siécle , un Historien sans foi.*

Je suis persuadé que l'Histoire n'apprendra rien de tout cela *à nos neveux.* Il y a grande apparence du moins que votre Lettre Pastorale ne le leur apprendra pas. Après ce beau compliment fait à M. de Voltaire , vous l'exhortez à se rendre *docile aux invitations de la grace.* En vérité , Monseigneur , si vous ne connoissez pas d'autres moyens pour amener les pécheurs à résipiscence , je doute fort que vous enrichissiez jamais le Paradis de vos conquêtes.

L'Auteur d'Emile ne devoit pas être oublié dans cette bruiante sortie que vous faites contre

tous les Auteurs de votre siécle. *Le Prélat il-
lustre dont les vertus & les éminentes qualités font
autant l'ornement de l'Episcopat que l'édification
de la Capitale, se hâta, dites-vous, d'arracher
Emile des mains des Fidèles, & de les garantir
par la sagesse de la condamnation, de l'air contagieux que cet Ecrit exhale.*

J'ignore si le Mandement de votre Confrere
Christophe de Beaumont a arraché Emile des
mains de beaucoup de Fidèles, j'oserois croire
cependant qu'il est resté dans son Diocèse plus
d'Exemplaires de mon Livre que de son Mandement. Ce que je puis assurer, c'est que la pro-
fession de foi du Savoyard ne fera jamais autant
de mauvais Citoyens que l'air séditieux qu'*exha-
lent* vos Mandemens ; il ne faudroit que dix ou
douze Prélats comme M. de Beaumont & vous,
Monseigneur, sauf le respect dû à vos *éminentes
qualités*, pour mettre toute l'Europe en feu ; &
e sçais bien que si j'étois Roi de France, vous
ne feriez pas longtemps l'édification de mes
Etats.

Que fut alors l'Auteur d'Emile, cet homme
qui jusques-là avoit fait une si vaine ostentation
de sa modestie & de sa modération ! quelle va-
peur exhale ce mont d'orgueil dès qu'il se sentit
frappé ! toujours du figuré, Monseigneur, mon
Livre exhale un air contagieux, j'exhale moi-
même des vapeurs ; mais je vous fais grace du
stile. Je comprends que les bons faiseurs ne
sont pas communs dans votre pays ; il étoit juste
d'ailleurs d'occuper de préférence de pauvres
Régens que les Tribunaux ont rendus oisifs.

Le public, qui a lû ma Réponse au Mandement
de M. de Beaumont, décidera si ce mont d'orgueil n'a exhalé que des vapeurs ; je me flate du
moins qu'il me justifiera sur le reproche que vous

me faites de m'être défendu en forcené qui ne connoissoit plus ni mesure ni bienséance.

Quant à vous, Monseigneur, je ne vous veux aucun mal de tout ce que vous avez dit de l'Auteur d'Emile ; je n'ai point pris le change sur les apostrophes épisodiques qui forment la Préface de votre Lettre Pastorale. Il est aisé de voir que mes Confreres & moi ne sommes là que comme un hors d'œuvre, & que c'est moins à nous que vous en voulez qu'au Parlement. A quel propos, en effet, vous seriez vous élevé aujourd'hui contre des Ecrits qui sont depuis si longtemps entre les mains de tout le monde ? Avouez-le, Monseigneur, en vous déchaînant ainsi contre les Philosophes modernes, vous avez voulu faire entendre que l'intérêt de la Religion a dicté tout ce que vous dites en faveur des Jésuites, & que les Arrêts dont vous vous plaignez sont une suite des principes d'irréligion & d'impiété, que vous avez cru appercevoir dans nos ouvrages.

Mais convenez, Monseigneur, qu'il y a bien de la mal-adresse dans cette tournure ; car enfin, les Parlemens, qui sçavent tirer parti de tout, ne manqueront pas de dire qu'ils ont proscrit avant vous les mêmes livres qui allument aujourd'hui votre bile épiscopale, & que c'est par une suite du même zèle pour la Religion, qu'ils ont foudroyé l'Institut des Jésuites.

C'est donc gratuitement, & contre l'intérêt même de vos protegés, que vous nous déchirez aussi impitoyablement dans votre Lettre Pastorale. Vous vous attendez peut-être, Monseigneur, à quelque vengeance éclatante de ma part ; mais je ne suis point Prêtre, je sçais pardonner. Je fais plus, car c'est pour vous, c'est pour vos amis que je prends aujourd'hui la plume. Ma générosité vous étonne, Monsei-

gneur ; un Proteſtant voler au ſecours des Jéſuites ! Jean-Jacques Rouſſeau faire cauſe com-
mune avec Chriſtophe de Beaumont & Jean-
François de Montillet ; ce trait de bizarrerie
manquoit à mon hiſtoire ; mais après tout je
n'ai pas plus à me loüer que vous de la mauvaiſe
humeur des Parlemens ; & ce ſeroit, je vous.
l'avoue, un grand plaiſir pour moi de leur donner quelque mortification.

Ne croyez pas toutefois que ce ſoit en prenant
la défenſe de l'Inſtitut des Jéſuites que je pré-
tende me vanger des Tribunaux qui l'ont proſ-
crit : ce moyen a trop mal réuſſi juſqu'à préſent ;
je vois que les d'Eguilles, & leurs pareils, ont
avancé la diſſolution de la Société ; que c'eſt
votre Confrere Chriſtophe, qui a banni du
Royaume les Jéſuites du Reſſort du Parlement
de Paris : que ſçai-je ſi votre Lettre Paſtorale
n'aura pas le même ſuccès à Toulouſe. Que vous
êtes bons de fournir ainſi des armes à vos ennemis.

Jean-Jacques Rouſſeau va prendre une route
toute oppoſée à la vôtre. Loin de critiquer hors
de ſaiſon les Arrêts des Parlemens, je veux au
contraire prouver qu'ils ſont juſtes, qu'il n'y a
pas le ſens commun dans tout ce qu'on a dit juſqu'ici pour la défenſe des Jéſuites ; qu'ils ont tort
de ſe croire liés par leurs vœux, & qu'ils peuvent conſentir ſans ſcrupule au ſerment qu'on
veut leur arracher. Par-là je les enchaîne dans le
Royaume, & je me vange à coup ſûr des Parlemens.

Vous faites les plus grands efforts, Meſſeigneurs, pour intimider les conſciences de ces in-
fortunés, en leur rendant problématique la
compétence de leurs Juges ; toutes vos Inſtruc-
tions Paſtorales ne roulent preſque que ſur ce

point. Mais, lorſque dans un Procès criminel on s'attache ſi fortement à l'incompétence du Tribunal, il eſt rare qu'on augure bien de l'innocence de l'Accuſé: s'il y a véritablement abus dans l'Inſtitut des Jéſuites, eſt-ce les juſtifier que d'écrire des Volumes pour établir que des Magiſtrats ſéculiers ne peuvent pas juger l'abus d'un Inſtitut Religieux? Si vous croyez au contraire que l'Inſtitut n'eſt pas abuſif, il falloit, laiſſant à l'écart le moyen d'incompétence, vous attacher à prouver l'iniquité des Juges; il falloit accuſer la haine & l'envie, & non pas le défaut de pouvoir; établir par de bonnes raiſons l'injuſtice, l'inhumanité, l'inquiétude des Magiſtrats, & vous en tenir là.

N'eſt-ce pas, après tout, le comble de l'idiotiſme, de prétendre que les Officiers du Prince, les Miniſtres de ſa Juſtice ſouveraine, ne ſoient point compétens pour décider ſi les Loix d'un Inſtitut Religieux ſont compatibles avec les Loix de l'Etat? Vous convenez vous-mêmes, Meſſeigneurs, qu'un Ordre religieux *ne peut acquérir de poſſeſſion qu'avec l'agrément du Souverain.* Je n'examinerai point ici quelle étoit la poſſeſſion des Jéſuites en France, ſi l'abus peut donner d'état; mais puiſque, de votre aveu, les Jéſuites n'ont pu en acquérir qu'avec l'agrément du Roi, comment pourroient-ils le conſerver ſans ſon agrément? Qu'avez-vous à répondre à un argument ſi ſimple? Un Ordre religieux *n'obtient,* ſelon vous-même, *d'établiſſement légal, que de la puiſſance civile*; c'eſt par elle, *qu'il exiſte dans l'Etat.* Comment donc pouvez-vous conclure de ce principe, que le Magiſtrat ſéculier doit tout au plus *prêter ſon autorité à la Puiſſance eccléſiaſtique,* pour obliger le Religieux rebelle à rentrer dans la regle; & *qu'il ne ſçauroit avoir une compétence plus étendue?* Si les Monclars, les

Chalotais, les Bonrepos avoient raisonné ainsi dans leurs Plaidoyers, Christophe de Beaumont & Jean-François de Montillet n'auroient point fait de Mandement en faveur des Jésuites.

Lorsqu'on veut juger un Institut religieux, il s'agit seulement, dites-vous, *de sçavoir s'il convient à l'Eglise chrétienne, s'il peut contribuer à son édification.* Je vous demande pardon, Messeigneurs, il s'agit aussi de sçavoir s'il convient à l'Etat, s'il ne tranche pas avec les Loix de l'Etat, s'il n'est point propre à faire de mauvais Citoyens, & tout cela pourroit bien être de la compétence du Magistrat séculier. C'est à l'Eglise sans doute, & personne ne l'a jamais contesté, d'examiner si la route où s'engage un Religieux, *est bien sûre dans l'ordre du salut ;* mais le Souverain, ou ses Officiers, ont, je pense, le droit d'examiner si cette route est sûre dans l'ordre politique.

Un spectacle bien agréable aux yeux d'un Philosophe, c'est celui que donnent au monde, depuis plusieurs siecles, la Puissance ecclésiastique & la séculiere ; je crois voir deux Seigneurs voisins, disputans sans cesse sur l'étendue de leur territoire, & s'observer du matin au soir, la toise à la main. Le Parlement trouve par-tout du temporel, les Evêques par-tout du spirituel. On ne peut point contester qu'il n'y ait du spirituel dans l'Institut d'un Ordre religieux ; mais est-ce assez pour conclure que tout y est spirituel, & que la connoissance doit en être interdite aux Tribunaux séculiers ? Un Ordre religieux n'auroit donc qu'à mettre en regle les principes les plus pernicieux à la Société, les plus contraires à la sûreté du Prince & à la tranquillité de l'Etat ?

Raisonnons un peu, Messeigneurs : le Parlement contefte-t-il à l'Eglife le droit de juger ce qu'il y a de purement fpirituel dans un Inftitut religieux ? Prétend-t-il s'arroger le pouvoir de le réformer, ou de juger de fa bonté dans l'ordre de la grace ? Il me femble que le Parlement a déclaré le contraire en plus d'une occafion. Mais un Ordre religieux aura-t-il le droit de s'introduire dans un Etat, parce que fon Inftitut fera approuvé par l'Eglife ? Ne fera-t-il pas au pouvoir du Monarque local de lui en fermer l'entrée ? Le Souverain du territoire fera-t-il fans compétence pour examiner par lui-même ou par fes Officiers, fi cet Ordre, approuvé par l'Eglife, eft tel qu'il puiffe être reçu ou confervé fans péril dans fes Etats.

Suppofons, par exemple, que le Fondateur d'un nouvel Ordre religieux fe préfentât aujourd'hui à la Cour de Verfailles, à la tête de fa Milice, & qu'il demandât au Roi la permiffion de s'établir en France ? Louis XV, à qui la poftérité donnera le titre *d'ami des Loix*, comme fon fiecle lui a donné celui de *Bien-Aimé*, ne manqueroit pas de renvoyer ce Fondateur au Parlement pour y faire examiner le nouvel Inftitut. Or je vous le demande, Meffeigneurs, ne feriez-vous pas les premiers à rire de ce Fondateur, s'il difoit au Roi en votre préfence ce qu'on lit dans vos Inftructions Paftorales ? » Sire, l'état
» Religieux préfente l'idée d'un état de perfec-
» tion ; c'eft, fuivant Saint Thomas, une Ecole
» fpirituelle où l'on fe forme à la pénitence & à
» la perfection chrétienne ; cette terre de béné-
» dictions ne feroit plus qu'une terre maudite,
» s'il y germoit ou croiffoit aucune ivraie qu'on
» ne pût arracher que par la main du Magiftrat
» féculier. Nous apportons aux pieds de Votre
» Majefté un Inftitut qu'un faint Concile a ap-
» pellé pieux, que plufieurs Papes & nombre

» de Prélats ont trouvé très-saint. Est-ce à votre
» Parlement de prononcer après des témoigna-
» ges si respectables ? Tout est spirituel dans no-
» tre Institut, & par conséquent votre Parle-
» ment n'est pas compétent pour en connoître.
» Van-Espen nous enseigne, Sire, que la con-
» noissance de toutes les nouvelles Religions ap-
» partient au Saint Siege. Nous sommes déga-
» gés du siecle & de son commerce ; tout est spi-
» rituel, tout est céleste dans l'armure que nous
» portons, dans le service que nous offrons :
» l'œil du Magistrat politique profaneroit ce
» Code sacré que nous tenons dans nos mains. Il
» s'agit du Royaume de Jesus-Christ, qui n'est
» pas de ce monde, & qui par conséquent, Sire,
» se gouverne par d'autres Loix que par celles
» d'une Police nationale ; ce n'est point là en
» effet une région où s'étende le ressort de la
» Magistrature séculiere. »

Vous devinez aisément, Messeigneurs, quelle seroit la réponse du Roi à un pareil discours :
J'oserois assurer que Christophe de Beaumont
lui-même, se trouvant à la place de Louis XV,
repousseroit avec indignation un pareil raison-
neur. « Que m'importe, lui diroit-il, que le
» Saint Siege, & nombre de Prélats ayent ap-
» prouvé votre Institut. Je veux bien croire
» qu'il est saint & qu'il peut conduire en Para-
» dis ; mais avant que de vous admettre dans mes
» Etats, je prétends m'assurer que vos Loix
» n'ont rien de contraire à celles de mon Royau-
» me. Je veux sçavoir si votre Milice est véri-
» tablement toute spirituelle, & si elle ne se pro-
» pose de combattre que sous l'étendart de la
» Croix. Il est bien étrange que vous prétendiez
» me forcer à vous admettre sans examen. Vo-
» tre armure est toute spirituelle, votre Royau-

>> me n'eſt pas de ce monde , à la bonne heure.
>> Mais comme le mien eſt de ce monde , & que
>> je dois faire tout ce qui eſt en mon pouvoir
>> pour le conſerver en paix & tranquillité , je
>> veux examiner ſi votre police ſpirituelle peut
>> compatir avec la police nationale obſervée
>> dans mes Etats. Tant que vous ne ſerez pas
>> dans mon Royaume , gouvernez-vous par les
>> Loix qu'il vous plaira ; mais puiſque vous de-
>> mandez à vous y établir , permettez-moi de
>> m'aſſurer que les Loix de votre monde ſont
>> d'accord avec les Loix du mien. >>

Voilà , Meſſeigneurs , ce qui , je penſe , ſeroit
ſans réplique : & je ſuis bien perſuadé qu'après
une pareille réponſe , le Fondateur reconnoîtroit
la compétence du Parlement. Mais les ſtupides
Partiſans des Jéſuites ne ſont pas vraiment de ſi
bonne foi ; je ſçais qu'entre tant d'autres Pri-
vileges , la Société poſſede éminemment celui
de dénaturer les idées les plus ſimples , & de
faire extravaguer les têtes les plus ſenſées. On
auroit beau vous prêcher , Meſſeigneurs , vous
n'en démordrez pas. Le Parlement ſera toujours
incompétent , quoiqu'on puiſſe vous dire , & Je-
ſus-Chriſt lui-même ne réuſſiroit pas à changer
l'intrépide Chriſtophe de Beaumont. Quel homme , bon Dieu ! Ou plutôt quel héros , ſi par un
heureux hazard la vérité s'étoit nichée dans ſa
tête !

Votre dernier retranchement , Meſſeigneurs ,
eſt la nature & l'irrévocabilité des Vœux faits
par les Jéſuites. C'eſt là que vous triomphez , &
qu'il vous eſt facile de jetter de la pouſſiere aux
yeux des imbécilles. Que le Parlement ſoit compétent pour juger de l'incompatibilité des Loix
d'un Ordre religieux avec les Loix de l'Etat ,
c'eſt une choſe dont on conviendra à la longue ,

(11)

parce qu'on ne peut le nier sans un excès de stupidité & de fanatisme, dont très-peu de gens sont susceptibles. Mais Christophe de Beaumont & Jean-François de Montillet souffriroient le plus affreux martyre avant de convenir de la compétence des Parlemens en matiere de Vœux. Comment se persuader, en effet, que l'autorité séculière puisse exercer son empire sur des engagemens qui sont entre notre cœur & Dieu ? Le Parlement a-t-il reçu le pouvoir de lier les consciences ? Est-ce avec un glaive civil qu'on peut briser des nœuds spirituels ? Les Jésuites devroient-ils se croire en sûreté de leur salut, s'ils violoient la parole qu'ils ont donnée à Dieu, parce que des Magistrats séculiers auront déclaré que cette parole étoit nulle ? S'agit-il ici d'un contrat entre des citoyens soumis à la même Jurisdiction ? Si celui qui a promis est assujetti aux Loix de l'Etat, celui qui a reçu la promesse est au-dessus de toute Jurisdiction humaine ; c'est à son Tribunal seul que peuvent être portées les causes où il est intéressé. Le Parlement peut-il donner quelque assurance que le Ciel ratifiera ses Jugemens, & qu'en paroissant devant Dieu, les Jésuites qui auront fait le serment qu'on leur demande, appaiseront la colere du souverain Juge, en lui présentant des formules d'Arrêts. Quels garants pour ces Apostats, que les Monclars, les Caradeucs, les Riquet, les Dudon ; de pareils Casuistes sont-ils des guides bien sûrs pour le salut ? Les Loix de l'honneur s'unissent ici à celles de la Religion : Quel cas feroit-on dans le monde d'un Jésuite, qui, pour éviter le bannissement, se rendroit apostat & parjure ? De quel œil les Magistrats eux-mêmes les verroiens-ils rentrer dans le siecle pour y donner le scandaleux spectacle d'une lâche désertion?

N'est-ce donc pas le comble de l'injustice & de la tyrannie, d'exiger des Jésuites un serment qu'on convient ne pouvoir être fait avec honneur, & que leurs Juges ne feroient pas, s'ils étoient à leur place ?

Voilà, Messeigneurs, ce qu'on a dit jusques ici de plus raisonnable en faveur de vos bons amis ; & je ne suis pas étonné que des sophismes si spécieux ayent pris racine dans nombre de petites têtes. Discutons toutefois de sens froid vos raisonnemens ; oubliez pour un moment que je suis Hérétique. Car j'avoue qu'en cette qualité je suis encore un garant moins sûr que le Parlement ; mais si mes raisons sont bonnes, qu'importe quelle Religion je professe.

Je soutiens d'abord, Messeigneurs, que tout ce que vous dites là, pour affermir les Jésuites dans leur fanatisme, ne conclut rien contre le Parlement, & qu'il ne peut y avoir de tyrannie à remplir son devoir. Il faut toujours en revenir au mérite du fonds. L'Institut est-il abusif, ou ne l'est-il point ? S'il ne l'est point, ceux qui l'ont jugé tel sont des hommes, ou bien abominables ou bien aveuglés. Mais si l'Institut est véritablement infecté des vices qu'on lui reproche, les Magistrats pouvoient-ils s'empêcher de le proscrire, & avec lui tous ceux qui le professent ? Cet Institut est accusé de faire de mauvais citoyens, il étoit naturel de retrancher de la Société civile ceux qui ne veulent point se détacher de l'Institut. Je ne vois rien de plus simple & de plus conséquent.

On a jugé que l'Institut étoit incompatible avec les Loix du Royaume, que les principes de cet Institut étoient un épouventail continuel pour la tranquillité civile ; que dans le cœur de chaque Jésuite Français, couvoit un germe d'ambition

& d'indépendance que le moindre souffle ultra-
montain pouvoit mettre en fermentation. Y au-
roit-il de la prudence à conserver de pareils hôtes?
Le même Arrêt qui a proscrit l'Institut des Jésuites, auroit dû prononcer le banissement de qui-
conque s'obstineroit à y demeurer attaché. On
ne l'a point fait cependant, dans l'espérance que
les Membres de la Société reviendroient enfin sur
eux-mêmes, ou qu'ils se garderoient du moins de
manifester au-dehors leur opiniâtre adhésion aux
maximes favorites de leur Ordre. Comment se
font-ils conduits depuis la dissolution de la Société ? Quels libelles séditieux ! Quelles manœu-
vres ténébreuses ! Ils ont fait tout ce qui étoit en
leur pouvoir pour souffler dans les esprits le feu
de fanatisme, & allumer une guerre fatale entre
les deux Puissances. Si tout ce qu'il y a de Prélats éclairés ont sçu jusqu'à présent se défendre
de leur intrigue, on auroit vû tôt ou tard le fanatisme ravager, la torche à la main, toutes les
Provinces de la France, & les sages-mêmes se
se seroient trouvés enveloppés, malgré eux,
dans l'embrasement général.

Que les Jésuites ne s'en prennent donc qu'à
eux-mêmes, si le Parlement fait aujourd'hui ce
qu'il auroit déja pû faire en jugeant l'Institut.
En vain m'opposerez-vous les liens de l'honneur
& de la conscience ; plus vous prouverez que
les Jésuites ne peuvent abjurer leur Institut,
plus vous établirez la nécessité de les chasser.
Quel est le Souverain qui voudroit souffrir
dans ses Etats des gens qui se croyent obligés,
en honneur & en conscience, à professer des
principes contraires à son autorité. Qu'importe
que les vœux soient d'un ordre spirituel, lorsqu'ils donnent l'être à des maux temporels ? S'il
y avoit un ordre d'hommes qui promît à Dieu

d'être mauvais Sujets , croyez-vous de bonne foi que le Souverain ne pourroit pas déclarer nulle une femblable promeſſe, ou chaſſer de ſes Etats ceux qui lui conteſteroient ce poūvoir? Le ſerment du mariage eſt, je penſe, quelque choſe de ſpirituel, il arrive cependant tous les jours que les Tribunaux ſéculiers déclarent nuls & non valablement contractés les mariages qui l'ont été contre les Loix du Royaume ; comment ne pourroient-ils pas déclarer nuls des vœux, qui ſont non-ſeulement formés contre les Loix de l'Etat, mais qui attaquent directement les Loix de l'Etat.

Si les Jéſuites ſont aſſez malheureux pour ſe croire liés par des vœux qu'une autorité légitime a déclarés nuls, ce n'eſt pas la faute du Souverain, ni des Miniſtres de ſa Juſtice. Ils ſont à plaindre ſans doute de croire leur conſcience intéreſſée à tenir à Dieu une promeſſe qu'ils ne pouvoient pas lui faire : ce n'eſt pas le Parlement qui doit les guérir de leurs ſcrupules. Pour moi ſi j'étois tourmenté par de pareils ſyndereſes, je prendrois l'Evangile à la main, & me proſternant humblement devant le Juge de toute Juſtice : « Grand Dieu, lui
» dirois-je, daignez répandre ſur moi dans ce
» moment critique un rayon de cette lumiere
» bienfaiſante qui diſſipe les preſtiges de l'er-
» reur & les fauſſes lueurs d'une conſcience
» troublée ; placé entre deux devoirs que mon
» cœur trouve incompatibles, indiquez-moi,
» Seigneur, la route que je dois tenir. Je ſçais,
» ô mon Dieu, que votre juſtice rédoutable
» n'épargnera point une ame parjure, qui vio-
» lera les ſermens qu'elle a faits devant vous ;
» mais je ſçais auſſi que vous ne reçutes jamais
» des ſermens criminels, & que votre équité

» ne réclamera dans aucun temps l'exécution
» d'une promeſſe que l'homme n'a pû vous
» faire. Si je conſulte la Loi que vous avez tra-
» cée dans ce Livre ſacré, j'y trouve que la
» fidélité & l'obéiſſance à mon Roi eſt de tous
» les hommages que vous exigez de mon cœur,
» celui que vous m'avez preſcrit d'une maniere
» plus claire & plus préciſe. Je ſuis donc aſſuré
» de ne pas vous déplaire tant que je garderai,
» à l'égard de mon Souverain, le ſerment de
» ma naiſſance, & je ſuis encore aſſuré de ne
» pas me tromper, lorſque je regarderai com-
» me nuls des vœux qui dérogeront à ce pre-
» mier vœu. Mais, Seigneur, c'eſt ici que
» commence ma perplexité. Vous avez lû dans
» le fonds de mon cœur au moment que je vous
» promis de vivre ſous les Loix d'un Inſtitut
» approuvé de votre Egliſe. Vous ſçavez que
» je ne prétendis point, en formant ces nœuds
» ſacrés, briſer celui que vous aviez déja formé
» de vos mains, en me faiſant naître ; j'étois
» Français avant ma profeſſion, & j'ai cru
» l'être après mes vœux. J'aurois repouſſé avec
» horreur, dans le moment de mon ſacrifice,
» l'idée d'un renoncement à un devoir ſi cher
» & ſi ſacré ; ma conſcience me dit aſſez que ſi
» les vœux que je formai étoient véritablement
» contraires aux intérêts & à l'autorité de mon
» Roi, je puis croire que j'en ſuis affranchi,
» & que vous ne me demanderez pas compte
» d'un ſerment qui n'a pû me lier. Mais qui
» eſt en droit de m'aſſurer que mon ſerment
» offenſoit le Monarque ſous les Loix duquel
» vous m'avez fait naître ? C'eſt-là le point
» fixe que je cherche, & ſur lequel je voudrois
» m'appuyer ; d'un côté ma raiſon me dit que
» mon Souverain eſt le Juge légitime de la

» compatibilité des Loix de son Etat avec celles
» que j'ai juré de suivre , & il me semble que
» si c'étoit-là une erreur , jamais votre justice
» ne pourroit m'en punir. Mais je vois d'autre
» côté des saints Prélats qui m'invitent à vous
» tenir la parole que je vous ai donnée, &
» qui m'attestent que l'autorité séculiere ne
» peut me dégager des liens que la Religion a
» serrés. Je m'abandonne , Seigneur , à vos
» saintes inspirations , vous voyez la pureté
» de mon cœur , hâtez-vous de me parler ,
» puisqu'il n'y a que vous que je veux croire ».

J'oserois vous assurer , Messeigneurs , que
si après une pareille priere , vos Jésuites vouloient prêter sincerement l'oreille à la voix de
leur Dieu , ils ne se feroient point bannir du
Royaume. Pour moi je leur conseille après avoir
lû avec attention les différens Requisitoires qui
ont couru la France , d'analyser sans préven-
tion vos Instructions Pastorales ; je ne connois
rien de plus capable de tranquilliser leur conscience.

Quelle maniere en effet de défendre un Institut accusé de tant de vices ! Vous ne vous êtes
pas seulement donné la peine, Messeigneurs ,
d'entamer la question du Procès , vous vous
répandez en éloges sur les Membres de la Société , vous entassez des suffrages , vous citez
des Conciles , vous invoquez la sainteté du
Fondateur, vous nommez les Saints de l'Ordre ;
mais tout cela prouve-t-il que l'Institut n'est
point abusif ?

Un Saint peut être un fort mauvais politique ;
un Saint peut avoir de fausses idées sur la Ré-
ligion , & les avoir de bonne foi ; un Saint
peut tracer un plan susceptible d'ampliations
dangereuses ; un Saint Espagnol a pû croire

que le Pape avoit le droit d'envoyer dans tous
les Etats chrétiens, prêcher une Miſſion im-
médiate; & que toutes les Couronnes étoient
ſoumiſes à la Thiare.

Ce n'eſt point l'Inſtitut qui a formé les Saints
dont vous parlez avec tant d'emphaſe; je
doute qu'on eut jamais canoniſé un Jéſuite qui
auroit exactement ſuivi l'Inſtitut; mais il y a
eû des Saints dans cet Ordre, malgré l'Inſtitut, parce que c'eſt la charité qui fait les Saints,
& qu'on peut aimer Dieu ſous un Inſtitut qui
cache le mal ſous l'apparence du bien, qui
preſcrit, à la vérité, une obéiſſance dange-
reuſe; mais dont l'application appartient à un
conducteur trop inſtruit du ſecret des conſciences, pour ſe méprendre dans le choix de ſes
Agens. N'avez-vous. pas remarqué, Meſſeigneurs, que les Saints Jéſuites étoient de bien
petits perſonnages dans leur Ordre; on les gar-
doit pour la décoration, & pour être cités dans
le beſoin.

Il ſuffit, après tout, qu'un Inſtitut puiſſe for-
mer de mauvais Citoyens, préparer des Sujets dangereux dans l'occaſion; il n'y a point
de Sainteté qui tienne, je ne voudrois point
nourrir dans mes Etats des Religieux qui, en
ſuivant leur Inſtitut, pourroient nuire un jour
à mon autorité.

C'eſt faire certainement beaucoup de grace
aux Jéſuites, que de les attaquer à raiſon du
mal qu'ils peuvent faire, & de paſſer ſur celui
qu'ils ont fait; mais comme les longs ouvrages
vous ennuyent, Meſſeigneurs, je veux vous
épargner le triſte détail de tout ce qui a été pra-
tiqué par les Jéſuites depuis leur établiſſement
en France. Je me contenterai de vous faire re-
marquer ce qui vient de ſe paſſer récemment

sous nos yeux à Paris, à Aix, à Toulouse. Dans quels égaremens le fanatisme Jésuitique n'a-t-il pas entraîné certains Magistrats ? Quels efforts n'ont point fait vos Ouvriers évangéliques, pour diviser les Parlemens, pour jetter la dissention dans les familles les plus unies, pour introduire le schisme dans tous les Ordres de l'Etat. Quels sentimens anti-citoyens n'ont-ils pas fait éclater à la vûe des désordres qui ont consterné la Nation ; les outrages faits à la Magistrature ont été des sujets de triomphe pour toute la Société. J'avoue qu'ils n'ont pas à se louer des Parlemens : cependant, s'ils étoient vrais Citoyens, ils auroient séparé l'intérêt personnel de l'intérêt public, ils n'auroient point fait des vœux pour la ruine des Loix, ils n'auroient point cabalé pour rendre plus difficile le retour de la paix. Ils vouloient entraîner l'Etat dans leur chûte, bouleverser tout pour paroître avec moins d'opprobre devant les Nations étrangeres, & pour rendre moins humiliante une proscription qui se trouveroit confondue dans un désordre général ; mais le Ciel avoit marqué l'époque de leur destruction sous un regne ami des Loix, afin qu'elle fût regardée comme leur ouvrage.

Les Jésuites ont appellé à la raison des Jugemens rendus contre eux ; mais à quelle raison, Messeigneurs ? Est-ce à celle de quelques fanatiques stupides, de quelques cailletes de Province, qui croyent manquer leur salut en perdant des Directeurs qui le leur promettoient à si peu de frais ? Oh ! les Jésuites gagneront leur appel à ce Tribunal. Mais si c'est à la raison de la postérité, à la raison des gens éclairés & indifférens, voici ce qu'ils diront. Les Jésuites sont accusés de méconnoître toute autre autorité que celle de leur Général ; on les cite devant les

Tribunaux de la Nation, & ils ne se présen-
tent point, leur contumace dispense de toute
autre preuve. Nos Juges étoient prévenus, di-
sent-ils, le glaive étoit déjà levé, tout ce que
nous aurions pu dire ne l'auroit pas arraché des
mains de nos bourreaux. Mais si vous appellez à
la raison, leur dirai-je, il faut lui présenter des
Pieces authentiques pour qu'elle puisse prononcer sur votre appel. L'injustice auroit triomphé,
je veux le croire ; mais l'équitable postérité, qui
tiendroit les pieces du Procès, vous auroit ven-
gés de l'iniquité de vos Juges. Que voulez-vous
que pense un homme de bon sens qui dans un
siecle d'ici voudra prononcer sur cette grande
affaire, & qui verra d'un côté des accusations
juridiques, discutées avec profondeur, de l'autre, des libelles sans autorité & sans preuves :
Ici des Officiers publics, qui, en pleine audien-
ce, à la face de tout l'Univers, accusent les Loix
d'un Ordre religieux, & se rendent garans de
la justice de l'accusation ; & là des Auteurs
anonymes qui insultent les Juges au lieu de défendre l'Accusé ; des Mandemens, qui, s'ils pas-
soient à la postérité, seroient des pieces de conviction contre le Corps qu'ils ont essayé de défendre.

Quant à moi, Messeigneurs, voici le raison-
nement que je fis avant de lire l'Instruction Pastorale de M. l'Archevêque de Paris. Ce Prélat
est l'ami déclaré des Jésuites ; ces bons Peres ne
doivent avoir rien de caché pour lui ; il y a trois
ans que la Société est accusée, & que ses Membres sont uniquement occupés à recueillir tout ce
qui peut servir à sa défense. Les génies de la Société doivent avoir fait les derniers efforts pour
fournir de bons matériaux à Christophe de

Beaumout : & sans doute que ce Prélat, écrivant après tous les Procureurs Généraux, n'aura point manqué de discuter leurs objections, & d'anéantir les moyens d'abus libellés contre l'Institut. Quel a été mon étonnement, lorsqu'en lisant cette immense Instruction Pastorale, à la place d'une discussion solide & approfondie, j'ai trouvé de froides déclamations, des plaintes, des regrets, des éloges sans fin ; une ennuyeuse énumération de Papes, de Cardinaux, de grands hommes de tous les genres qui ont estimé les Jésuites !

Lorsque j'ai été accusé de prêcher l'irréligion, & l'athéïsme, je ne me suis pas justifié en citant les grands noms qui m'ont honoré de leur amitié. Christophe de Beaumont auroit ri le premier de cette logique. Il rapportoit les endroits de mon Livre, c'est là-dessus que je me suis défendu. Peut-être n'ai-je pas réussi à persuader mes Juges, mais du moins j'ai procédé en régle. Il en falloit faire autant en faveur des Jésuites, Messeigneurs ; car enfin, s'il y a abus dans l'Institut, qu'importe que Baronius, Duperron, Commendon, Polus ayent loué cet Institut. Prouvez qu'il n'y a point d'abus, c'est là le Procès. Quelle est l'erreur, soit en morale, soit en politique, qu'on ne pût se flatter de défendre avec une pareille méthode.

Si les Procureurs-Généraux avoient accusé la Société sur ce que ses ennemis ont dit d'elle, sur le témoignage des Prélats qui ont condamné sa morale & ses maximes, vous auriez raison alors d'opposer suffrage à suffrage & autorité à autorité ; telle attaque, telle défense. Mais vous manifestez étrangement la foiblesse de votre cause, lorsque vous ne me présentez que des éloges sans examen pour toute réponse à des chefs d'accutation si distinctement coarctés , si fortement instruits, si profondément discutés ?

Quelle idée auriez-vous d'un Accusé, qui étant traduit à la Tournelle pour crime de faux, lorsqu'on lui présenteroit les piéces de conviction, ne diroit autre chose pour sa défense, sinon qu'il a toujours passé pour honnête homme, que le Seigneur & le Curé de son Village ont de l'estime pour lui, & que nombre de gens ont fait en différens temps l'éloge de sa probité. Voilà le corps de délit, lui diroit-on , prouvez que ces fausses signatures ne sont pas de vous, ou subissez la peine des Faussaires.

Cette maniere de justifier les Jésuites vous a cependant paru si commode, Messeigneurs, que vous vous en êtes tenus là : il ne vous est seulement pas venu dans l'idée qu'en parlant après tous les autres, vous vous engagiez à répondre aux objections qu'on vous avoit faites. S'il vous arrive quelquefois d'éfleurer le fonds de l'affaire, vous vous ravisez bientôt après pour revenir à vos Papes, à vos Cardinaux , à vos Evêques ; vous mettez tout à contribution , sans songer qu'on feroit pour le moins une aussi longue liste de grands hommes qui ont censuré l'Institut. Ah ! Messeigneurs, il n'est pas de cœur Français qui ne frémisse, lorsque l'on vous verra mettre Henri IV. au rang des Panégyristes de la Société. Quel Roi ! Quelle mort ! Quels soupçons ! Je ne puis y penser, moi qui ne suis point Français , mais qui suis homme, sans que mes entrailles se troublent.

Que les Papes ayent fait l'éloge de la Société, je n'en suis pas surpris ; ce qui m'étonne, c'est qu'il s'en soit trouvé un seul qui ait condamné ses maximes. Avez-vous vû beaucoup de Souve-

tains faire le procès à leurs Généraux pour avoir
ravagé le Pays ennemi ?

Il me reste , Messeigneurs, bien d'autres ré-
flexions à faire sur vos Instructions soi-disant
Pastorales ; mais ce sera pour une autre fois ; je
m'apperçois que j'ai déja passé les bornes d'une
Lettre , & qu'à suivre pied à pied vos Mandemens , cela meneroit loin ; qu'il me soit cependant permis de vous représenter , en finissant ,
que si vous aimez sincérement les Jésuites , vous
travaillerez à vous les conserver en guérissant
leurs scrupules. Que voulez-vous que fassent ces
bonnes gens , lorsque vous leur mettrez l'honneur & la conscience au devant du serment qu'on
exige d'eux ? Vous ne vous contentez pas de leur
faire envisager comme un deshonneur l'obéis-
sance à leur Prince , vous vous étudiez encore
à leur tourner la tête par la plus dangéreuse de
toutes les séductions. Vous ne cessez de crier que
la Religion est perdue si on vous enleve les Jésuites, comme s'ils n'en étoient pas assez persuadés.
Sçavez-vous, au reste , Messeigneurs, que vous
faites là un fort mauvais compliment au Clergé
séculier de vos Diocèses ? Quelle si grande perte
faites-vous, après tout , par le bannissement de
ces Peres ; croyez-vous que nombre de vos
Prêtres ne vous feroient pas d'aussi bons Mandemens ?

Je suis avec un profond respect , &c.

A Neufchâtel le 15 Mars 1764.